19 NOV. 1909

Limites données à Mr. Bloche

38

TE

[...]medi 20 Novembre 1909

HOTEL DROUOT, SALLE N° 1

à deux heures

Tableaux Anciens

ARMES ET ARMURES

Européennes et Orientales

OBJETS D'ART ET D'AMEUBLEMENT

(P. Mersch et autres)

Mᵉ HENRI BAUDOIN

Successeur de M. Paul CHEVALLIER

M. ARTHUR BLOCHE

EXPERT

CATALOGUE

DES

Tableaux Anciens

Par et attribués à :

F. BOUCHER, A. BRAUWER, BRONZINO, CHARDIN,
J. CLOUET, DAVID, FRAGONARD, GUARDI, HONDEKOETTER, JEAURAT,
DE KEYSER, LARGILLIÈRE, LATOUR, LE DUCK,
LEMOYNE, LENAIN, LEPRINCE, VAN LOO, VAN DER NEER, NETSCHER,
PALAMÈDES, H. RIGAUD, RAVENSTEIN,
RIBÉRA, HUBERT-ROBERT, SAUVAGE, DAVID TENIERS, VESTIER,
WATTEAU, WEENIX, DE WITTE, WOUWERMANS,
ZURBARAN, ETC.

ARMES ET ARMURES

Européennes et Orientales

Objets d'art et d'Ameublement

ANCIENS ET DE STYLE

Salon en tapisserie d'Aubusson

MEUBLES DU TEMPS DE LOUIS XV ET LOUIS XVI

Dont la vente aux enchères publiques aura lieu

HOTEL DROUOT, SALLE N° 1

Les Vendredi 19 et Samedi 20 Novembre 1909

A DEUX HEURES

Me HENRI BAUDOIN
Successeur de M. PAUL CHEVALLIER
COMMISSAIRE-PRISEUR
10, rue Grange-Batelière

M ARTHUR BLOCHE
EXPERT
PRÈS LA COUR D'APPEL
21, boulevard Haussmann

Chez lesquels se distribue le présent Catalogue

EXPOSITION PUBLIQUE

Le Jeudi 18 Novembre 1909, de 2 h. à 6 h.

CONDITIONS DE LA VENTE

Elle sera faite *au comptant.*

Les adjudicataires paieront *dix pour cent* en sus des enchères.

ORDRE DES VACATIONS

Le Vendredi 19 Novembre 1909

Tableaux Anciens . . . . 55 à 125

Le Samedi 20 Novembre 1909

Armes Européennes et Orientales. . . . . 1 à 54 *ter*
Objets d'art . . . . 143 à 163
Meubles . . . . 126 à 142
Tapis. . . . . 164 à 181

Paris. — Imprimerie de l'Art. CH. BERGER, 41, rue de la Victoire.

DÉSIGNATION

ARMES ET ARMURES

1 — Armure en acier, bordure incrustée d'or, à rinceaux feuillagés, composée d'une cuirasse en quatre pièces, d'un casque à couvre-nuque en maille et d'une paire de brassards à moufles en velours orné de petits boutons. Travail persan du XVIe siècle.

2 — Rondache à quatre repoussés en acier incrusté de fleurs et rinceaux. Travail persan du XVIIe siècle.

3 — Bouclier en acier incrusté d'or, à entrelacs et caractères arabes, offrant en relief des médaillons à scènes de chasse et orné de quatre boutons. Travail persan du XVIe siècle.

4 — Rondache en peau de rhinocéros, décor à rehauts d'or et six boutons. Travail persan du XVIIIe siècle.

5 — Rondelle à sept repoussés en acier damasquiné. Travail oriental du XVIIIe siècle.

6 — Rondelle en fer, bordure incrustée de caractères arabes et munie d'un dard. Travail oriental du XVIIe siècle.

7 — Bouclier oriental.

8 — Casque à nasal mobile et à couvre-nuque en mailles. Travail oriental du XVIe siècle.

9 — Casque à nasal mobile et couvre-nuque en mailles en acier damasquiné et incrusté d'or, à rinceaux feuillagés ; bordure à inscriptions arabes. Travail persan du XVIe siècle.

10 — Casque à couvre-nuque en mailles d'acier incrusté d'or, décor à losanges encadrant des caractères arabes. Travail persan du XVIIe siécle.

11 — Casque à nasal mobile et couvre-nuque en mailles d'acier incrusté d'or, à rinceaux feuillagés et fleuris. Travail persan du XVIe siècle.

12 — Brassard en fer incrusté d'or, à bords perforés. Travail persan? XVIe siècle.

13 — Paire de brassards à moufles en mailles, décor damasquiné. Travail persan.

14 à 19 — Six brassards. Travail persan du XVIe au XVIIIe siècle. (Seront divisés.)

20 — Cotte de mailles, ornée de plaquettes incrustées. Travail persan du XVIe siècle.

21 — Cotte de mailles. Travail persan du XVe siècle.

22 — Fusil à silex, orné d'une bande en argent ciselé. Travail oriental du XVIe siècle.

23 — Fusil à silex, la crosse plaquée d'argent; canon incrusté d'inscriptions arabes. Travail oriental du XVIIIe siècle.

24 — Fusil à silex, bois incrusté d'ornements en cuivre, parties émaillées; crosse de même décor et plaquée d'ivoire. Travail oriental.

25 — Deux pistolets, montures en argent niellé. Travail oriental du XVIIIe siècle.

26 — Deux pistolets, batteries à silex, canons et crosses ornés de cuivres dorés. Travail oriental.

27 — Épée-brassard à lame longue et large, à deux tranchants, forgée entre deux pièces de fer sortant du brassard en fer, décor à fleurs. Travail oriental.

28 — Neuf sabres à lames ciselées et damasquinées, montures en argent, os et cuivre doré. Travail oriental. (Seront divisés.)

29 — Glaive, décor gravé et incrusté. Travail persan.

30 — Sabre japonais du XIXe siècle.

31 — Dague à lame dite langue de bœuf, poignée damasquinée d'or, décor à rinceaux fleuris. Travail hindou du XVIIe siècle.

32 — Dague, lame à deux rainures, en acier ajouré incrusté d'or; poignée et fourreau en argent. Travail persan.

33 — Dague à lame incrustée, poignée en ivoire, incrustations de fleurs ; fourreau en velours rouge. Travail persan.

34 — Deux dagues en fer damasquiné et incrusté. Travail persan.

35 à 39 — Cinq dagues orientales. (Seront divisées.)

40 — Hache d'arme ornée d'incrustations d'or, à inscriptions et ornements arabes. Manche recouvert en cuir. Travail oriental du XVIIe siècle.

41 — Hache d'arme, décor analogue.

42 — Deux paires de javelots persans.

43 — Paire de pistolets albanais en filigrane d'argent.

44 — Panoplie d'armes orientales.

ARMES EUROPÉENNES

45 — Plastron de devant, à décor gravé. Travail allemand du XVIe siècle.

46 — Cotte de mailles russe du XVIe siècle.

47 — Paire de gantelets en cuir, recouverts en partie de mailles. Travail russe ? XVIIe siècle.

48 — Sabre, poignée en ivoire sculpté, à mufle de lion et tête de mascaron ; garde et pas d'âne en cuivre ciselé à animaux. Travail du XVIIe siècle.

49 — Fusil tromblon à canon ciselé et crosse ornée de plaques en cuivre ciselé, portant l'inscription : *Lazarino*. Travail du XVIIIe siècle.

50 — Fusil de rempart, orné de bandes incrustées d'or.

51 — Pistolet à long canon en fer gravé à rinceaux et portant sur la crosse une inscription en caractères slaves. Travail du XVIe siècle.

52 — Trois pistolets. (Seront divisés.)

53 — Poire à poudre, de forme triangulaire, en bois recouvert de velours rouge; monture en cuivre doré et émaillé, décor à cariatides, mascarons et ornements. Travail du XVIe siècle.

54 — Bâton de commandement en ivoire gravé, décor à bandes de rinceaux, monarques et écussons d'armoiries. Pommeau et pointe en ébène, ornés de petits boutons d'ivoire. Travail polonais du XVIIe siècle.

54 *bis* — Eperon en argent ciselé, décor à rinceaux fleuris Louis XIV.

TABLEAUX

BLANCHET

55 — *Portrait de Gentilhomme.*

Assis dans son palais, s'accoudant sur une console et tenant ses gants à la main.

Toile. Haut., 1 mètre; larg., 70 cent.

VAN BEYEREN

56 — *La Tempête.*

Toile. Haut., 72 cent.; larg., 1 m. 04 cent.

BOUCHÉ

57 — *Portrait de Femme.*

Assise dans un parc en robe blanche Empire décolletée, tenant négligemment son éventail et son écharpe, la tête légèrement inclinée, coiffure à boucles avec gerbe de fleurs dans les cheveux.

Toile. Haut., 1 m. 14 cent.; larg., 83 cent.

BOUCHER (François) ou HUET (Attribué à J.-B.)

58 — *Les Plaisirs champêtres.*

Deux charmantes compositions, représentant l'une une jeune fille assise sur un tertre fleuri près d'un ruisseau coulant en cascade, causant avec son chien, et surprise par un jeune galant ; l'autre dans un parc près d'un berceau de feuillages, une jeune femme assise coiffée d'un grand chapeau à plumes regarde ses deux enfants qui s'amusent avec un mouton.

Deux dessus de portes.

Toile. Haut., 40 cent.; larg., 1 mètre.

BOUCHER (École de)

59 — *La Musique.*

Gracieuse allégorie, représentée par une jeune muse et l'Amour dans les nuages.

Toile. Haut., 95 cent. ; larg., 82 cent.

BOURSSE ou BOUTZE

60 — *La Ménagère.*

Dans sa cuisine, pendant que son chien dort sur une chaise, elle fait sa lessive dans un baquet.

Cadre bois sculpté.

Toile. Haut., 70 cent.; larg., 58 cent.

BRAUWER (Attribué à ADRIAN)

61 — *Lecture de la Gazette.*

Dans une salle enfumée, ils sont quatre à écouter le lecteur qui est assis sur un baquet.

Bois. Haut., 19 cent.; larg., 23 cent.

BRONZINO (Attribué à)

62 — *Portrait de Jeune Homme.*

La tête tournée vers la droite, visage encadré d'une barbe naissante. En pourpoint de velours noir, avec manches de satin rouge, tenant ses gants à la main.

Cadre ovale en bois sculpté.

Bois. Haut., 65 cent.; larg., 44 cent.

CARENO DE MIRANDA

63 — *Portrait de Gentilhomme.*

En costume de velours noir, manches à crevés blancs, une main sur la poitrine, l'autre sur son épée. Armoiries à gauche.

Toile. Haut., 1 m. 04 cent.; larg., 90 cent.

CHARDIN

64 — *Nature morte.*

Sur une table, un carafon, un verre, un plat avec cafetière et pot à crème, un couteau, une tasse avec soucoupe, un pain et une boîte. Au mur est suspendue par une ficelle une clé avec inscription : clef de la cave.

Papier marouflé sur bois.

Haut., 22 cent.; larg., 32 cent.

CLOUET (Attribué à JEHAN)

65 — *Portrait d'Homme.*

Habillé de noir avec collerette et manchettes blanches tuyautées, tenant à la main un message.

Toile. Haut., 74 cent.; larg., 61 cent.

CUYP (École de)

66 — *Portrait d'un Gentilhomme chasseur.*

Toile. Haut., 46 cent.; larg., 41 cent.

CONSTABLE

67 — *Cavalier dans un paysage.*

Ciel nuageux.
Esquisse intéressante.

Bois. Haut., 33 cent.; larg., 43 cent.

DAVID

68 — *Portrait de Vieille Dame.*

Visage des plus expressifs et regardant de face, en robe de soie verte à taille courte avec manches à gigot, col blanc de mousseline, parée de sa chaîne d'or, ses cheveux soigneusement bouclés avec bonnet à ailerons, bordés de fleurettes brodées, couronné d'un nœud rose.

Portrait des plus intéressants par sa facture et son esprit.

Toile. Haut., 79 cent.; larg., 69 cent.

FRAGONARD

69 — *Cupidon.*

Serrant son arc dans ses mains, sa jolie tête blonde gracieusement penchée sur l'épaule.

Bois. Haut., 49 cent.; larg., 42 cent.

FRAGONARD

70 — *L'Offrande à Priape.*

Dans le temple consacré, vestales et augures sont réunis.

Dessin. Haut., 40 cent.; larg., 50 cent.

VAN GELDER

71 — *Le Christ enchaîné, conduit par les soldats.*

Toile. Haut., 1 m. 15 cent.; larg., 1 m. 66 cent.

GUARDI

72 — *Vue de Venise.*

Animée de nombreux personnages, traversant un pont suspendu.

Toile. Haut., 35 cent.; larg., 48 cent.

GUARDI

73 — *Santa Maria della Salluta.*

Des gondoles et des barques avec de nombreux personnages sillonnent le grand canal.

Cadre bois sculpté et doré.

Toile. Haut., 31 cent.; larg., 46 cent.

HONDEKŒTTER

74 — *Coq, poules, faisans et poussins.*

Dans un parc orné de vases de marbre décoratifs.

Toile. Haut., 1 mètre; larg., 1 m. 20 cent.

HUDSON

75 — *Portrait de Grande Dame.*

Représentée debout, en robe de satin blanc à corsage décolleté, manches garnies de dentelle et de nœuds roses. Sur une terrasse de château.

Toile. Haut., 1 m. 27 cent.; larg., 1 m. 01 cent.

JEAURAT

76 — *Le Pâtissier.*

Debout, accoudé sur la cheminée. Une marmite suspendue à l'intérieur sur la flambée; à droite, un baquet, un grand chauffe-linge en cuivre.

Bois. Haut., 33 cent.; larg., 24 cent.

KEYSER (Théodore de)

77 — *Portrait de Dame de qualité.*

Debout, en pied, regardant de face, tenant ses gants à la main ; en robe rouge, avec tunique de velours noir, coiffe, collerette et parements de manches garnis de dentelle.

Touche fine et délicate.

Bois. Haut., 52 cent.; larg., 35 cent.

LARGILLIÈRE

78 — *Portrait de Grande Dame.*

Symbolisant la Source. Assise au pied d'un bouquet d'arbres, en robe de satin blanc, à corsage ouvert, avec manteau de brocart rose amplement drapé à ses pieds.

Maquette intéressante. Les mains et les bras ne sont qu'ébauchés.

Cadre bois sculpté et doré.

Toile ovale. Haut., 59 cent.; larg., 50 cent.

LATOUR

79 — *Tête de Moine.*

Son bon visage souriant, regardant vers la droite.

Cadre en bois sculpté et doré.

Pastel. Haut., 42 cent.; larg., 35 cent.

LAWRENCE (Genre de)

80 — *Portrait de Jeune Fille.*

En robe rose, les mains jointes tenant des fleurs, chevelure noire bouclée, regardant de face et souriante.

Toile. Haut., 82 cent.; larg., 63 cent.

LE DUCK (JEAN)

81 — *La Partie perdue.*

Composition de trois personnages, l'un tout guilleret d'avoir gagné, l'autre effaré d'avoir perdu, et le troisième, insouciant, assis devant l'âtre, rallume sa pipe.

Signé en bas à gauche.

Bois. Haut., 36 cent.; larg., 47 cent.

LEMOYNE

82 — *Scène mythologique.*

Composition de trois personnages.
Dans les teintes blondes et roses.

Toile. Haut., 73 cent.; larg., 88 cent.

LENAIN

83 — *Le Contrat de mariage.*

Sur la nappe encore servie, le notaire, le chapeau sur la tête et revêtu d'un ample capuchon, rédige le contrat de mariage. A gauche, assis côte à côte, les deux nouveaux époux se jettent de tendres regards ; lui, vêtu de gris et tenant un verre ; elle, filant la quenouille. La mère de la jeune fille se penche sur l'épaule du magistrat ; le père, assis sur un tabouret, fixe les deux amoureux. L'intérieur est modeste ; en haut, sur une planche, une cruche et deux pains.

Cadre en bois sculpté.

(*Provenant de la Collection M. P. M...*)

Toile. Haut., 91 cent.; larg., 1 m. 08 cent.

LENAIN

84 — *Les Mendiants.*

Près de ruines, deux personnages, vêtus de loques sordides et assis sur des escabeaux, jouent aux cartes ; deux autres, au premier plan, à gauche, tentent la chance sur une boîte de plaisirs et, à droite, debout, se tient un cinquième personnage portant un coffret en bandoulière.

Toile. Haut., 80 cent.; larg., 90 cent.

LENAIN

85 — *Nain assis.*

Regardant de face, les pieds nus, habillé d'une robe brune à col blanc, tenant dans ses mains un morceau de bois. Physionomie curieuse et caractéristique.

Toile. Haut., 40 cent.; larg., 30 cent.

LEPRINCE

86 — *Les Femmes de Darius venant implorer la clémence d'Alexandre.*

Toile. Haut., 47 cent.; larg., 60 cent.

VAN LOO (Louis-Michel)

87 — *Portrait d'un Maréchal de camp.*

En costume de guerre avec manteau bleu doublé d'hermine, le visage aimable quoique fier, encadré d'une perruque blanche.

Cadre bois sculpté et doré.

Toile. Haut., 80 cent.; larg., 62 cent.

VAN LOO

88 — *La Lecture.*

Une jeune femme blonde, le corps indiscrètement mis à nu par une chemise blanche et une draperie bleue, tient, dans sa main droite, une pièce de musique.

Charmant portrait.

Toile. Haut., 61 cent.; larg., 46 cent.

MARATTI (Carle)

89 — *Portrait d'un Cardinal.*

Représenté à mi-corps, presque de face, la tête tournée vers la gauche.

Toile. Haut., 62 cent.; larg., 48 cent.

NAIVEU (Mathieu)

90 — *La Veuve.*

En costume de deuil, elle se tient debout, indiquant du geste le portrait de son époux défunt. Sur une table, où elle s'appuie, une pendule religieuse et un missel ouvert.

Toile. Haut., 60 cent.; larg., 42 cent.

VAN DER NEER

91 — *Effet de lune.*

Paysage de la Hollande traversé par une rivière, dans laquelle se reflète l'astre lumineux et mettant en partie en lumière tout un village et son église.

Cadre ancien en bois sculpté et doré.

Toile. Haut., 39 cent.; larg., 55 cent.

NETSCHER (Attribué à)

92 — *La Conversation.*

Une jeune femme en robe blanche à corsage rouge, comme sa coiffe très originale, orné de rubans, écoute les propos d'un personnage à grande perruque blonde.

Bois. Haut., 35 cent.; larg., 28 cent.

PALAMÈDES

93 — *Scène de fête.*

Dans la salle du château, gentilshommes et grandes dames en élégants atours dansent et causent, accompagnés par un violoncelle et un violon.

Bois. Haut., 75 cent.; larg., 1 m. 05 cent.

DEL PLOMBIO (Sébastien)

94 — *Portrait présumé de César Borgia.*

Toile. Haut., 62 cent.; larg., 46 cent.

RIGAUD (Hyacinthe)

95 — *Portrait d'Homme.*

La tête un peu tournée vers la gauche, coiffé d'une grande perruque, en costume noir à rabat et revers de satin rouge, portant au cou l'ordre du Saint-Esprit.

Figure fine et spirituelle.

Toile. Haut., 65 cent.; larg., 50 cent.

RAVENSTEIN

96 — *Portrait de Dame de qualité.*

En robe de velours noir, avec corsage à transparent de brocart blanc broché à fleurs, collerette finement tuyautée, coiffe de fine dentelle ainsi que les parements des manches, parée de perles, tenant à la main un écran monté d'or. Regardant presque de face; de la main gauche, s'appuyant sur une table.

Tableau d'une grande distinction.

Toile. Haut., 1 m. 13 cent.; larg., 86 cent.

RIBALTA

97 — *Saint François en extase.*

A genoux devant le Christ, que son regard éclairé par la foi évoque avec ferveur, il est représenté dans la bibliothèque d'un monastère.

Peinture d'une grande vigueur et d'un beau sentiment.

Toile. Haut., 1 m. 74 cent.; larg., 1 m. 44 cent.

RIBÉRA

98 — *Saint Pierre en extase.*

Pénétré du Saint-Esprit, son regard élevé vers le ciel, sa main droite appuyée sur sa poitrine, sa main gauche humblement ouverte, toute son attitude trahit une extase profonde.

Peinture remarquable.

Cadre en bois sculpté et doré.

Toile. Haut., 1 m. 19 cent.; larg., 91 cent.

RIBÉRA

99 — *Le Martyre d'un Saint.*

Renversé et lié par des cordes, attaché à un arbre, il trahit par son visage la torture qu'il subit. Un ange descend du ciel et lui apporte des fleurs et les palmes du martyre. A droite, les trois tortionnaires. Sur le terrain se détache une grande draperie rouge d'un coloris éclatant et en opposition heureuse avec l'harmonie générale du tableau.

Toile. Haut., 1 m. 46 cent.; larg., 1 m. 95 cent.

HUBERT-ROBERT

100 — *Le Chemin montant.*

Un bouvier et son enfant poussent une vache blanche sur la route. Un chien aboie devant eux. Plus loin, des paysans. Fond de paysage boisé avec rocher.

Toile. Haut., 70 cent.; larg., 1 m. 10 cent.

ROMNEY (Genre de)

101 — *Portrait de Femme.*

Représentée à mi-corps, assise, les mains croisées, en robe blanche, laissant entrevoir la gorge, avec ceinture kaki; chevelure poudrée et frisée.

Belle esquisse.

Toile. Haut., 72 cent.; larg., 60 cent.

RUYSDAEL (Attribué à SALOMON)

102 — *Bord de Rivière.*

Bois. Haut., 38 cent.; larg., 44 cent.

DEL SARTE (Attribué à ANDREA)

103 — *Le Portrait du Maître.*

A mi-corps, en costume d'atelier, regardant de face.

Toile. Haut., 62 cent.; larg., 46 cent.

SAUVAGE

104 — *Les Saisons.*

Quatre panneaux décoratifs allégoriques, composés de groupes d'enfants.

Peintures en grisaille.

Toile. Haut., 1 m. 80 cent.; larg., 1 m. 80 cent.

STEEN (Attribué à JEAN)

105 — *Le Maître d'école.*

Toile. Haut., 73 cent.; larg., 61 cent.

TENIERS (DAVID)

106 — *L'Atelier du peintre.*

Ce sont des singes travestis qui posent en grands seigneurs, ébauchent des portraits, lisent des gazettes et se livrent aux travaux intimes de l'atelier.

Petit tableau amusant.

Bois. Haut., 25 cent.; larg., 33 cent.

TENIERS (DAVID)

107 — *Les Fumeurs.*

Assis devant un tonneau, ils bourrent leurs pipes, une vieille femme leur apporte un cruchon de bière et le garçon de taverne arrive tenant à la main un autre cruchon et un plat.

Bois. Haut., 32 cent.; larg., 24 cent.

TENIERS (D.)

108 — *Les Mendiants.*

Un vieillard debout demande l'aumône, son chapeau à la main, s'appuyant sur son bâton. Une vieille femme est assise à ses côtés.

Signé : *D. Teniers, fec.*

Bois. Haut., 24 cent.; larg., 18 cent.

TENIERS

109 — *Le Château.*

Au premier plan, quelques paysans sont groupés autour du produit de leur pêche, un autre jette son filet dans le canal qui passe sous le pont-levis de la demeure seigneuriale.

Signé à gauche du monogramme.

Toile. Haut., 17 cent.; larg., 24 cent.

TENIERS (D.)

110 — *Le Buveur.*

Représenté de profil, tenant son verre dans les deux mains.

Signé à gauche du monogramme.

Bois. Haut., 15 cent.; larg., 13 cent.

TENIERS (David)

111 — *La Causerie.*

Par la porte entre-bâillée d'une maison rustique, la fermière écoute quatre paysans groupés au premier plan. Un autre qui s'éloigne la regarde. Le paysage accidenté est traversé par une rivière.

Bois. Haut., 22 cent.; larg., 17 cent.

TENIERS (David)

112 — *Les Cançans de village.*

Deux hommes et deux femmes se gaussent de rire sans doute aux dépens du prochain ; une femme sur la porte de sa maison les observe, un petit chien les regarde, un paysan à droite leur tourne le dos.

Toile. Haut., 46 cent.; larg., 54 cent.

VESTIER

113 — *Portrait de Femme.*

En robe bleue, manches courtes, corsage décolleté, avec fichu de mousseline noué sur la gorge. Elle tient une corbeille de fleurs ; elle regarde presque de face, ses cheveux noirs, tombant en longues boucles, sont retenus par un ruban de soie bleue. Son visage souriant et spirituel, l'arrangement fort simple de son costume, en font un portrait des plus agréables.

Toile. Haut., 76 cent.; larg., 60 cent.

VESTIER (École de)

114 — *Portrait de Femme.*

De trois quarts tournée vers la gauche, en corsage rouge décolleté avec fichu de mousseline blanche recouvrant en partie la gorge, parée d'un bouquet de roses. Coiffure à la Marie-Antoinette, légèrement poudrée.

Toile ovale. Haut., 66 cent.; larg , 52 cent.

VIGÉE-LEBRUN (D'après)

115 — *Portrait de l'Artiste et de sa Fille.*

Toile. Haut., 1 m. 16 cent.; larg., 88 cent.

WATTEAU (Antoine)

116 — *Portrait d'Artiste.*

Regardant de face, la tête légèrement en arrière, en habit brun ouvert avec chemisette blanche, un manteau de velours bleu jeté sur l'épaule.

Joli tableau.

Toile. Haut., 55 cent.; larg., 43 cent.

WATTEAU (Attribué à Antoine)

117 — *La Causerie champêtre.*

Composition de huit personnages : femmes en élégants atours et gentilshommes devisent galamment au pied d'un arbre dans un paysage arrosé par un cours d'eau.

Belle esquisse présumée du tableau de la Collection Richard Wallace.

Toile. Haut., 71 cent.; larg., 98 cent.

WEENIX

118 — *Nature morte.*

Sur une console sont entassés des volatiles près d'un cruchon en grès.

Toile. Haut., 67 cent.; larg., 52 cent.

DE WITTE

119 — *Les Saisons.*

Quatre panneaux allégoriques; compositions de scènes d'enfants.

Peintures en grisaille.

Toile. Haut., 1 m. 33 cent.; larg., 91 cent.

WOUWERMANS (Philippe)

120 — *Le Cheval qui se cabre.*

Un grand seigneur sur son fringant cheval blanc qui s'emporte est accompagné de sa dame, d'autres personnages et de carrosses attelés. Ses chiens le suivent. Son cheval se cabre et répand la terreur parmi des paysans juchés dans une carriole qui vient en sens inverse. Une jeune fille, portant une jatte de lait, est là renversée; à droite, sur un monticule boisé, un berger est assis au milieu de son troupeau. Joli paysage accidenté, ciel nuageux.

Toile. Haut., 65 cent.; larg., 75 cent.

ZURBARAN

121 — *Le Moine en prière.*

La tête cachée sous un capuchon, amplement drapé dans sa robe de bure, agenouillé, le regard fixé sur une tête de mort qu'il tient entre ses mains.

Œuvre puissante.

Cadre en bois sculpté et doré.

Toile. Haut., 1 m. 42 cent.; larg., 93 cent.

ÉCOLE ESPAGNOLE

122 — *Portrait d'Enfant.*

Debout, regardant de face, en riche costume de satin rose, avec collerette blanche bordée de dentelle, tenant son toquet de la main droite et appuyant sa main gauche sur la garde de sa petite épée. A droite, sur une table, une couronne.

Petit tableau intéressant.

Cadre en bois sculpté et doré.

Toile. Haut., 86 cent.; larg., 69 cent.

ÉCOLE FRANÇAISE

123 — *Portrait des Filles de Louis XV.*

Deux pendants.

Toile ovale. Haut., 62 cent.; larg., 52 cent.

ÉCOLE FRANÇAISE (XVIIIe siècle)

124 — *Portrait de Femme.*

Regardant presque de face, en corsage de brocart d'or décolleté; cheveux légèrement poudrés, ornés d'un croissant.

Toile ovale. Haut., 46 cent.; larg., 36 cent.

ÉCOLE ITALIENNE

125 — *Chez la Sybille.*

Composition de trois personnages.

Toile. Haut., 1 m. 07 cent.; larg., 1 m. 56 cent.

MEUBLES

126 — Ameublement de salon en tapisserie d'Aubusson, dessin à vases fleuris et rinceaux enguirlandés, fond blanc, contrefond bleu pâle à guirlandes de fleurs. Bois sculptés et dorés à rubans enroulés. Il se compose d'un canapé et quatre fauteuils. Style Louis XVI.

127 — Deux bergères à coussins en tapisserie d'Aubusson, desssin : gerbes de fleurs encadrées de guirlandes enrubannées sur fond crème. Bois sculptés et dorés, à piécettes enfilées et feuillages. Style Louis XVI.

128 — Écran en bois sculpté et doré, avec panneau en tapisserie d'Aubusson, offrant au centre un médaillon : scène champêtre, encadré de corbeilles, de guirlandes de fleurs et de gerbes de palmiers avec cordelières. Style Louis XVI.

129 — Grand secrétaire en bois de rose et palissandre, ouvrant à rabat et à deux portes, sabots rocailles en bronze doré; dessus en marbre rouge. Époque fin Louis XV.

130 — Très petit secrétaire en bois satiné, ouvrant à abattant et à deux portes. Époque Louis XVI.

131 — Commode en bois de violette et palissandre, forme bombée, à deux rangs de tiroirs, ornée de bronzes dorés, chutes et poignées à rocailles; dessus en marbre rouge. Époque Louis XV.

132 — Meubles de salon : canapé, quatre fauteuils et quatre chaises en bois sculpté et doré, couverts en velours de Gênes rouge. Style Louis XVI.

133 — Petite commode Louis XVI à deux portes, avec tiroirs à l'anglaise à l'intérieur, le haut formant bureau, en bois rose et marqueterie à dessin ; vases décoratifs sur les portes et quadrillés sur les profils en bois satiné d'érable et citronnier, ornée de bronzes dorés ; dessus en marbre blanc avec galerie de cuivre.

134 — Meuble d'encoignure formant secrétaire, à plusieurs tiroirs à l'intérieur, avec compartiment à écritoire, ouvrant dans le bas à deux portes, tout en marqueterie de bois à fleurs sur bois de violette ; dessus en marbre. Époque Louis XVI. Spécimen rare dans l'ameublement du temps.

135 — Petit bureau de dame en bois rose, ouvrant à coulisseau, avec tiroir à écritoire. Style Louis XVI.

136 — Six fauteuils en bois sculpté et doré, de l'époque Louis XVI, couverts en velours d'Utrecht bleu.

137 — Meuble bahut Louis XVI, à hauteur d'appui, en bois d'acajou, orné de bronzes ciselés et dorés ; décor à rinceaux feuillagés, perlé et godrons ; il ouvre sur les côtés à une porte cintrée et, sur le devant, à deux portes ; le bandeau est orné de quatre tiroirs dont deux à secret ; il repose sur sept pieds cannelés ; dessus en marbre blanc. Signé : *Riesener*.

138 — Stalle Renaissance en noyer sculpté, le dossier représentant un brûle-parfums, des rinceaux et des oiseaux fantastiques ; l'encadrement : des motifs décoratifs et des têtes de personnages ; le tour : un dessin aux voiles.

139 — Grand trône orné d'incrustations de nacre, d'écaille et de corail. (*Provenant du palais de Tunis.*)

140 — Table à jeu en marqueterie de cuivre et d'écaille. Genre de Boulle.

141 — Miroir sur pied en bois de fer incrusté de nacre.

142 — Petite chaise en bois doré, siège recouvert en tapisserie à fleurs.

OBJETS D'ART

143 — Écritoire en laque, monture bronze. Style Louis XV.

144 — Deux bouts de table, à deux lumières, en cuivre argenté. Époque Louis XIV.

145 — Vase couvert en vieux Chine, fond rose, médaillon : fleurs et oiseaux.

146 — Bouteille en bronze ancien de Chine, avec dragon enroulé.

147 — Cornet en bronze ancien de Chine gravé.

148 — Pendule formée d'une potiche en vieux Chine, de la famille verte, montée en bronze doré.

149 — Petit buste en ambre : Divinité de l'Extrême-Orient. Travail ancien.

150 — Figurine de paysan japonais en morse.

151 — Buste en marbre de femme avec fleurs dans les cheveux ; socle en marbre de couleur. Signé: *Vérona*. Style XVIIIe siècle.

152 — Deux surtouts de tables en vermeil. Travail russe, ornés d'émaux persans, dessin à fleurs en bleu, rouge et or. Poids : 1,800 grammes.

153 — Vase de même travail.

154 — Six bracelets et broches en argent. Travail oriental.

155 — Six bagues en argent, ornées de pierres. Travail ancien de l'Orient.

156 — Porte-cigarettes, orné d'incrustations d'or, dessin à caractères arabes. Travail de Tolède.

157 — Porte-cigarettes en acier, enrichi d'un saphir et de trois petits brillants.

158 — Écuelle en porcelaine de Saxe.

159 — Pot à crème en porcelaine de Saxe.

160 — Trois assiettes en porcelaine de Sèvres, décor à personnages.

161 — Bonbonnière en porcelaine décorée dans le goût de Sèvres.

162 — Bonbonnière en porcelaine de Saxe, monture en argent.

163 — Bonbonnière en émail de Saxe, fond jaune, décor à personnages et fleurs.

TAPIS — BRODERIES

164 — Grand tapis ancien de Ferahan, fond vert, dessin à médaillon, bordure polychrome.

165 — Grand tapis ancien de Smyrne, fond bleu, à décor d'ornements et médaillon.

166 — Grand tapis ancien de Smyrne, fond rouge, dessin polychrome.

167 — Tapis galerie de Shirvan, fond bleu, dessin à médaillon.

168 — Petit tapis ancien de Ferahan, dessin à semis de fleurs.

169 — Tapis ancien de Boukhara, fond rouge.

170 — Tapis du Kurdistan, fond bleu, dessin velouté à fleurs.

171 — Petit tapis de Ferahan, dessin à semis de fleurs.

172 — Tapis de Ladik, fond rouge, dessin à mosquée et arbuste.

173 — Tapis ancien de Chiraz, fond bleu, dessin à palmettes ; bordure fond crème.

174 — Tapis de prière en broderie, dite mosaïque. Travail ancien de Banialouka.

175 — Deux bandeaux en ancienne soierie jaune, fond or, garnis de franges dorées.

176 — Bandeau en broderie, garni de filet. Travail ancien de l'Espagne.

177 — Portière de mosquée en ancienne broderie d'or sur velours ancien de Scutari.

178 — Selle en ancien velours rouge brodé d'or et de paillettes.

179 — Six broderies anciennes sur toile.

180 — Lot de morceaux d'étoffes anciennes.

181 — Deux coussins en satin brodé de l'Orient.

182 — Objets omis.

www.ingramcontent.com/pod-product-compliance
Ingram Content Group UK Ltd.
Pitfield, Milton Keynes, MK11 3LW, UK
UKHW020215180726
13838UKWH00005B/2009

9 782329 384047